Thierry Clermont

LA BALADE DE GALWAY

arléa
16, rue de l'Odéon, 75006 Paris
www.arlea.fr

DU MÊME AUTEUR

Brooklyn : sketches, Maelström/City Lights, 2005

Le Goût de la Bretagne, Mercure de France, 2010

Jubilate ! : poèmes pour soprano, La Différence, 2010

Prises d'élan, Obsidiane, 2011

Le Rire des belettes suivi de *La nuit défend le jour*, Naïve, 2012

San Michele, Seuil, 2014 (Prix Méditerranée Essai 2015)

Barroco bordello, Seuil, 2020

Toutes les photographies sont de l'auteur.

ISSN 2491-8261
EAN 9782363082473

À la mémoire de Maeve Brennan

Galway est un lieu épris de chagrin.

Joseph O'Connor, *L'Étoile des mers*

Nous rêvions qu'un grand peintre
était né pour rendre
la roche froide du comté de Clare,
les buissons et la pierre de Galway,
cette couleur sévère et ce dessin délicat.

W. B. Yeats, *Les Cygnes sauvages à Coole*

Les vagues sans fin,
poudroiement chatoyant, verre brisé,
Sont venues à l'entour, éblouissantes,
jusque dans les rochers,
Étincelantes, scintillantes, depuis les Amériques,
Pour posséder Aran.

Seamus Heaney, « Amants aux îles d'Aran »

C'est le matin, aux premières lueurs du jour, qu'il faut *suivre* le cours du Corrib et ses échos tremblants, vers l'amont, depuis ses quais de pierre surélevés plantés d'arbustes, entre lesquels fleurissent des valérianes roses ou pourpres, frangés de lierre grimpant et autres plantes vivaces. Les berges verdies par la houppe touffue des marronniers, les tilleuls, quelques figuiers, de petits érables. C'est l'heure à la fois de l'éveil et de l'abandon, l'heure où une petite dizaine de pêcheurs à la ligne s'arment de patience, postés à hauteur de l'une des anciennes passerelles (dite *Main Gap*) dont il ne reste que les piliers irréguliers, semblables à des proues effilées, entre les rives et au ras des flots ; pêcheurs qui reviendront avant les dernières heures du jour, sagement alignés. Les plus téméraires ont enfilé des cuissardes en caoutchouc, voire des *waders*, pour taquiner le saumon ou la truite, semble-t-il, au beau milieu du gué, quand la marée se retire en prenant son temps.

Le Corrib se jette un peu plus loin dans la mer, plein sud, mêlant ses eaux à l'Atlantique, par-delà le port, les quais, les entrepôts colorés. Une mer qui n'est qu'un prélude de mer : une baie peu profonde, presque une lagune tournée vers l'Amérique.

Ici, la pierre absorbe la lumière, jamais vive, quelle que soit l'heure du jour, sans la rejeter, mais elle ne lui répond pas, l'ignorant ; elle la presse ou la broie. Pierre de terre et non pas pierre

minérale. À force de gris et de bruns. Tout à l'opposé des pierres de Venise et de leur jeu permanent, fascinant, avec le rythme de l'eau et la palette du ciel. Nous sommes à Galway, l'une des pointes les plus occidentales de l'Irlande.

Le Corrib et ses six kilomètres de long, ses nombreuses variations. De rythme et de débit, de couleurs et de reflets, avec sa riche végétation qui la borde et la magnifie. Ici, plus impétueux, tumultueux, mousseux, le long des chutes bouillonnantes des cascades latérales ; là, baignant dans le calme d'un de ses bras : Friar's River, Middle River, Persse's Distillery River, Gaol River (qui bordait l'ancienne prison), Eglinton Canal.

Toute une faune rapidement familière : cormorans, hérons, cygnes, moineaux et passereaux bicolores, colverts, canards siffleurs, poules d'eau, bécassines. Un charmeur brassement de volatiles, de végétal et de grandes eaux, aux miroitements inattendus.

Jour de la Saint-Jean. Éveillé à six heures et des poussières. Les fenêtres ouvertes. Dans le jardin d'agrément, le chœur invisible des oiseaux. Le jour apparaît sous un grand ciel limpide. Entêtante, l'odeur du café, l'odeur intime de marée. Pas un poil de vent, la température de l'air est agréable.

Je pense au couple de cygnes blancs et leur progéniture surpris hier matin, dans une étroite vasière au pied de l'ancienne tour carrée, sur la berge occidentale du Corrib, la Fishery Watchtower, élevée au milieu du XIXe siècle, à l'entrée de la bourgade de Claddagh, et repeinte en jaune crémeux.

Les cygnes, j'en verrai d'autres avec le même émerveillement, le long du bassin qui s'ouvre vers les collines du Burren, agglutinés par dizaines sur l'eau sombre, vers les entrepôts des docks couleur rose fuchsia, et plus loin, autour des carcasses de bateaux et des voiliers au repos, juste avant la nuit tombante. À Coole Park, muets, rares et immobiles sur les franges du lac, après la première rosée ; puis s'ébattant avant un vol court, timide. Comme dans le poème de Yeats.

Pour la première fois, sur ce rivage,
À entendre le carillon de leurs ailes au-dessus de ma tête,
Je marchais d'un pas plus léger.

Arrivé à Galway il y a trois jours, par le train, depuis la gare Heuston de Dublin. Un peu plus de deux heures de trajet pour traverser l'Irlande d'est en ouest, avec un arrêt tous les quarts

d'heure environ. Les gares peu fréquentées de Newbridge, Kildare, Monasterevin, Portarlington, Tullamore (comme la marque de whisky), Clara, Athlone (bordée par le Shannon et centre géographique de l'Irlande), Woodlawn, Athenry (théâtre d'une fameuse bataille qui avait opposé en 1316 le clan O'Connor et ses alliés aux barons anglo-normands), Attymon, Oranmore… Le wagon où je me suis installé est quasi désert, à l'exception d'un couple d'Espagnols entre deux âges, bavard et bruyant, et d'une jeune femme portant son nourrisson, descendue à Ballinasloe, la bourgade où a grandi dans les années 1950 Desmond Hogan, admirable nouvelliste injustement mis au ban de la critique et des librairies pour une sombre histoire de mœurs.

Le paysage défile, sans relief : ciel énorme, démesuré, démiurge. Un ciel qui bouge, comme l'océan instable, au-dessus du vert tendre et lumineux des prés à l'herbe courte. L'horizon semble avoir disparu. À en donner le vertige. Ânes et chevaux pâturant, moutons par grappes, vaches rousses ou en noir et blanc, à quelques mètres de la voie ferrée. Rectangles serrés de céréales coupés de hautes haies, hangars agricoles, bourgades aux maisons brunies, quelques cours d'eau, ruines branlantes de sombres tourelles et de fortins enguirlandés de lierre, restes de manoirs abandonnés sur des champs tourbeux, un profil qui pourrait ressembler à un coteau ; vue de loin une courtine écroulée et orpheline : de la pierre grise et brune qui regarde les siècles, sous un ciel bleu nacré.

À l'entrée du wagon, le panneau lumineux indique l'heure et annonce en rouge la distance qui nous sépare en kilomètres du prochain arrêt, au fur et à mesure du parcours, en temps réel.

Fixée près des toilettes, une affichette d'Irish Rail rappelle qu'il est désormais interdit de boire de l'alcool à bord du train, sous peine de poursuites et d'être débarqué à la prochaine station. Cela concerne les parcours de Dublin à Galway, et de Dublin en direction de Westport.

Dublin, encore une ville qui tourne le dos à la mer, comme Le Havre, Barcelone, Palerme, Odessa, Tallinn, et dans une moindre mesure Trieste. Tout à l'opposé de celles qui épousent l'océan à bras-le-corps, à pleine écume, bravant la tempête, telles que La Havane, Beyrouth, Lisbonne, Naples, Cadix, cette fiancée du vent, ou Gijón l'Asturienne…

Une heure après le départ, le couple d'Espagnols avait déjà vidé sa deuxième ou troisième canette de bière Murphy's.

Le voyage ferroviaire est idéal pour se pencher sur son passé, avec ses reflux d'images, de scènes, ces mots qui reviennent, déformés, amplifiés, pour tirer des plans sur l'avenir le plus proche, avec son offre d'inattendu et de surprises, de jeux du hasard, son chapelet de « si », de « peut-être », de « on ne sait jamais » et de « j'espère bien ». Et demain est déjà là.

Le convoi est bloqué depuis plusieurs minutes en rase campagne, au niveau d'un champ de maïs sur la droite, et sur la gauche, un peu plus loin, une grange de guingois au milieu d'un enclos bordé par des murettes de pierres sèches. On doit déjà être dans le comté de Galway, je suppose. Dans mon casque audio, des rengaines chantées à la fin des années 1950 par la rousse Ruby Murray, une jeune fille pimpante de Belfast, morte avant l'heure, rongée par l'ennui et l'alcool, l'amertume noire de la gloire passée : *Softly, Softly*, *When Irish Eyes Are Smiling* et *Galway Bay*, un classique composé à la fin des années 1920 par un simple médecin, qui sera adapté plus tard par Johnny Cash et bien d'autres, après avoir été popularisé par Bing Crosby au lendemain de la Seconde Guerre mondiale. C'est une douce ballade qui parle de feux de tourbe, de la tombée du jour sur les eaux de la baie et d'une lune croissante par-delà les quais de Claddagh ; y passent de jeunes garçons (« *gossoons* ») jouant pieds nus, des femmes rassemblant le foin ou arrachant des patates, qui parlent une langue que les étrangers ne peuvent comprendre, alors que souffle une brise parfumée de bruyère venue de la mer d'Irlande.

If you ever go across the sea to Ireland
Then maybe at the closing of your day
You can sit and watch the moon rise over Claddagh
Or watch the sun go down on Galway Bay

Si un jour vous traversez la mer pour rejoindre
l'Irlande peut-être qu'alors, en fin de journée,
Vous pourrez vous asseoir et regarder la lune
se lever sur Claddagh
Ou regarder le soleil se coucher sur la baie de Galway

Je reprends mon carnet, ses nombreuses notes : citations, références, lieux à visiter ou à fréquenter, adresses, recommandations et en lettres capitales un bref lexique gaélique (bien utile pour les repères toponymiques, comme en Bretagne) et anglais.

Gort : champ
Inis : île
Kil : église
Túr : tour
Mór : grand, gros
Beag : petit
Dún : fort, bastion
Bán : blanc
Dubh : noir
Glas : vert
Uisce : eau. Qui a donné whisky
Shamrock : la plante de Saint-Patrick
Coddle : ragoût à base de saucisse et de lard
Pratie : patate
Ballygowan : eau pétillante

En marge, des noms d'oiseaux que j'aurai sans doute la chance d'apercevoir, ou de quelques poissons :

Goldfinch : chardonneret
Tit : mésange (*cincia* en italien)
Curlew : courlis
Lapwing : vanneau
Jackdaw : choucas
Hake : merlu
Hailbut : flétan

Et, dans les dernières pages, avec quelques photos glissées ou maladroitement collées, un peu de végétation :

Birch : bouleau
Elm tree : orme
Lyme grass : seigle de mer
Heather : bruyère
Bogbean : trèfle d'eau
Wild garlic : ail des ours

J'écoute en boucle une chanson amère et dépouillée de Lisa O'Neill, avant de tirer de la pile de livres posée sur la table de chevet où trônent une carte détaillée de Galway au 1 / 25 000 et un plan à moitié déplié des îles d'Aran, édité par la

National Mapping Agency, un mince recueil de Seamus Heaney, à la couverture jaune canari, *The Spirit Level*, qu'une amie disparue m'avait offert il y a deux ans. Celui où j'ai lu pour la première fois le poème qui m'a donné envie de marcher le long de Flaggy Shore, au sud-ouest de la baie de Galway, dans le comté de Clare :

Prends un beau jour le temps d'aller vers l'ouest
Jusqu'au comté de Clare, le long de Flaggy Shore,
En septembre ou en octobre, quand le vent
Et la lumière se définissent l'un l'autre
Si bien que l'océan d'un côté se déchaîne
Sous l'écume scintillante…

De mon premier séjour en Irlande, à l'âge de neuf ou dix ans, je n'ai gardé aucun souvenir sinon celui d'une traversée en mer particulièrement pénible en compagnie de mes parents pour rejoindre un « copain de régiment » de mon père, un aquarelliste qui passait ses étés avec femme et enfants sur l'île montagneuse de Great Blasket, extrémité occidentale de l'Irlande, près de Dingle, sans doute la plus sauvage. C'est ma mère, de longues années plus tard, qui m'a rafraîchi la mémoire. Elle m'a parlé alors de « bout du monde hostile ». Notre séjour avait été bref. Je me souviens vaguement d'une verdure mouvante et scintillante, et de gros paquets de mer. Ma mère a toujours été douée pour attiser la mémoire, et la mienne a toujours été défaillante. Pour moi, l'Irlande, ce fut ça pendant longtemps et rien d'autre.

Plus tard, à l'adolescence, je découvrais les Pogues lors d'un concert à la Maison de la Mutualité ; je me régalais du blues incandescent de Rory Gallagher ; je connaissais quelques dialogues de Beckett, les premiers romans de John McGahern, et n'arrivais toujours pas à m'habituer aux pénibles lendemains de biture au tourbé-iodé. Tous mes suffrages allaient aux Pogues, avec leurs adaptations des traditionnels *Dirty Old Town*, *Waxie's Dargle*, et *The Sick Bed of Cúchulainn*. À moitié édenté, toujours ivre sur scène, le chanteur Shane MacGowan incarnait une jeunesse libre, débraillée, je-m'en-foutiste, à coups de gueulantes, d'arpèges tordus de banjo et de décibels. Du pur punk à la sauce irlandaise.

À mi-chemin du Corrib et de l'artère principale de Quay Street, qui devient ensuite High Street, se dresse l'austère collégiale coiffée d'une flèche pyramidale, consacrée à Saint-Nicolas de Myre (ou de Bari), patron des marins et des marchands, protecteur des enfants, des voyageurs et

des pèlerins, et dont la légende est née dans la lointaine Novgorod, première capitale de la sainte Russie. Un imposant tilleul séculier, sur la droite de l'entrée principale, dispense un peu d'ombre, sous un ciel doucement lumineux.

À l'intérieur, on relève de nombreuses plaques votives ou commémoratives fixées aux murs, des pierres tombales, un modeste bloc de pierre avec un ange célébrant le premier maire de la ville, le riche commerçant James Lynch, notable de l'une des « Quatorze Tribus » qui fondèrent la ville au XIIIe siècle. Il avait pendu lui-même haut et court son fils unique Walter, accusé d'avoir assassiné un jeune négociant espagnol, en 1493. On peut voir également dans le jardinet herbu attenant à l'église un sinistre mémorial de pierre, frappé d'une tête de mort sous laquelle se croisent deux tibias, au niveau de Market Street.

Quoi d'autre ? Un recoin sombre consacré aux fidèles du culte orthodoxe ; une plaque de pierre ornée d'un indéchiffrable symbole indiquant la sépulture d'un cordonnier de Galway ayant vécu au XVIe siècle, apposée sur le mur du transept sud, à hauteur d'enfant, et de nombreuses *vocational stones*, plaques votives, consacrées à des orfèvres, des tailleurs, des marins, des charpentiers ou des encore des tonneliers, acteurs de la vivacité économique et commerciale de Galway, alors port à vocation internationale, durant la fin du Moyen Âge et jusqu'à la terrible et sanguinaire reprise en main de l'Irlande par le protestant Cromwell et sa soldatesque. Paix à leurs âmes.

En cette fin de matinée, l'église, sombre malgré la clarté du ciel bleu et lisse, est peu fréquentée : près d'un pilier, deux chaisières sexagénaires qui chuchotent, presque joue contre joue ; une jeune ivrogne affalée – depuis combien de temps ? – sur un prie-Dieu ; un couple de touristes visiblement égarés, qui rapidement tournent les talons. Le lieu sent la poussière, la graisse rance, la solitude.

Christophe Colomb s'était recueilli dans cette église en 1477, avant de faire cap sur l'archipel des Féroé et l'Islande, que les cartographes appelaient alors Frislandia. La présence du navigateur génois confirmée par quelques lignes de son journal de bord, où il aurait écrit : « À Galway, en Irlande, nous avons vu aborder un homme et une femme d'une beauté merveilleuse, qui se maintenaient hors de l'eau, accrochés à deux épaves. » L'église n'a pas conservé, du moins officiellement, le souvenir de cette visite historique. D'autres prétendent que Christophe Colomb aurait ce jour-là pieusement assisté à l'office, dans la chapelle du Saint-Sacrement. *De insulis inventis*.

C'est à Saint-Nicolas, fondée au début du XIVe siècle, que fut baptisée, au printemps 1884, la petite Nora Barnacle, future épouse de James Joyce, celle qu'il immortalisera sous les traits de Gretta Conroy dans *Gens de Dublin* – qui à un moment donné lâche : « *I'd like to see Galway again* » – et de Molly Bloom dans *Ulysse*.

La modeste maison de famille est toujours là, à quelques dizaines de mètres de Saint-Nicolas, dans la petite rue Bowling Green, au numéro 8,

sa porte de bois bleue à deux volets horizontaux, et ses deux fenêtres superposées. Il s'agit d'une bâtisse grise et simple, surélevée d'un étage, aménagée il y a quelques années en musée miniature que l'on peut visiter à certaines heures, et selon l'humeur et le loisir des nouvelles propriétaires du lieu, les deux sœurs Gallagher. Pas plus de cinq ou six personnes à la fois, pour y découvrir des portraits, un vaisselier encombré de bibelots en faïence, des meubles certifiés d'époque, des objets personnels, et un étroit escalier de bois blanc menant à la chambre commune où trône un crucifix, entre deux petits lits de fer.

Fille d'un boulanger alcoolique, Nora avait quitté Galway à l'âge de vingt ans pour fuir l'atmosphère familiale et s'était installée à Dublin, où elle travaillait comme femme de chambre dans un hôtel près de Merrion Square, le Finn's, au moment où Joyce l'a rencontrée par hasard dans la rue.

Voilà des dizaines et des dizaines de générations que le marché à ciel ouvert se tient autour de Saint-Nicolas, chaque samedi, depuis le XVIIe siècle, selon certains historiens, entre Lombard Street et Church Lane ; un des plus anciens d'Europe, avec celui de Bratislava. J'y verrai aujourd'hui des fraises du comté de Wexford, du miel du Burren, toutes sortes de confitures artisanales élaborées à Killimor par la maison Cobie, et même des spécialités indiennes telles que le *kitchari* ou le *pain chapati*. Au rayon poissonnerie : des homards bleus, des huîtres et des tourteaux, des flétans noirs, des filets de cabillaud, du haddock fumé, des carrelets bien gras, des poignées de crevettes rose, quelques saint-pierre, qu'on appelle ici *John Dory*, et des *silver hakes*, merlus argentés. Jadis, c'est là que les habitants se fournissaient en œufs, en volailles, et en petit goémon comestible ou « algue à vache », que les Irlandais appellent *dillisk*.

Les photos d'hier témoignent de la forte activité qui régnait sur ce marché, du moins jusqu'à la Première Guerre mondiale, clichés un peu flous que l'on peut voir, en grand format et en noir et blanc, sur les cimaises du musée municipal de Galway, flambant neuf, installé en lieu et place de l'historique marché aux poissons, là où les femmes des marins de Claddagh vendaient la pêche du jour chargée sur les *hookers* à voile, essentiellement du hareng, à deux pas de Spanish Arch et de Nimmo's Pier.

Entre-temps les adjacentes murailles de la ville, élevées par les Anglo-Normands au XIVe siècle, ont été rasées. Hier encore, Raven Terrace, le long du bassin de Claddagh, accueillait le marché de la tourbe, les patates se vendaient à Small Crane et à Corrib Terrace, les paniers d'osier vers Woodquay, au nord de la ville, et l'on s'approvisionnait en foin sur Eyre Square. Mais ça c'était l'autre siècle. Depuis, le visage de Galway a bien changé, surtout à partir des années 1980-1990, et à de rares exceptions près, les vestiges du riche passé moyenâgeux de la cité bâtie au seuil du Connemara ont rejoint les cartes postales. La population de la ville a considérablement augmenté, attirant de plus en plus de jeunes, notamment venus des pays baltes et de Pologne, fréquentant les nombreux festivals culturels qui s'y déroulent, et suivant les cours de la prestigieuse université, la NUI Galway. On comptait en 2020 plus de 80 000 habitants, contre 50 000 au début des années 1990.

Joyce a visité Galway à deux reprises. La première, en 1909, pour 48 heures, après être passé par Dublin. La seconde, au cours de l'été 1912, deux ans avant la publication des *Gens de Dublin*. Il y resta un mois, profitant de son séjour pour découvrir la région et les îles d'Aran, qu'il comparait à des baleines endormies. Sur place, il écrivit plusieurs articles pour le quotidien de Trieste *Il Piccolo della Sera* auquel il collabore depuis quelques années : « La cité des tribus. Souvenirs italiens d'un port irlandais », « Le mirage d'un pêcheur des îles d'Aran. » Il y évoque longuement l'histoire de Galway, port de commerce au fond d'un golfe de l'Atlantique où les anciennes demeures espagnoles sont tombées en ruine, et où persistent les traces des relations de la ville avec l'Europe latine, comme en témoignent encore les noms de quelques rues étroites ou tortueuses : rue des Lombards, rue de Madère, avenue de Palmyre, promenade des Espagnols.

Au début du XVIIe siècle, le nonce apostolique, le cardinal Giovanni Battista Rinuccini était venu à Galway avec de l'argent, des armes, des munitions et vingt mille livres de poudre à canon, pour soutenir les catholiques persécutés sous le règne implacable de Charles Ier Stuart, souverain autoritaire et impopulaire, et placer la cité sous pavillon du Vatican, alors régenté par le pape Innocent X, immortalisé par Velázquez, et bien plus tard, dévisagé et électrisé par Bacon. Les terribles guerres des Trois Royaumes opposaient alors l'Écosse et l'Irlande à l'Angleterre. Parti de La Rochelle, le cardinal Rinuccini, par ailleurs brillant homme de lettres, avait débarqué dans la baie de Kenmare, au sud-ouest de l'Irlande, à l'automne 1645, avant de faire cap à l'est pour rejoindre Kilkenny. À son retour à Rome, après l'échec de sa mission, il écrivit un mémorandum sur son long séjour irlandais, le *Commentarius Rinuccinanus.*

Un autre pape, issu du clan des Borgia, Alexandre VI, qui avait mené une vie de grand seigneur tout en inspirant à Machiavel le personnage de son *Prince*, avait pour sa part laissé de précieuses archives déposées dans la collégiale Saint-Nicolas.

Bien sûr, Joyce a pris plaisir à relater l'histoire du fils Lynch, condamné à mort et pendu par son propre père. Il termine son reportage sur une tonalité moins documentaire et plus poétique, toujours à Galway, à propos d'un septuor de jeunes joueurs de cornemuse vêtus de plaids verts et de kilts couleur de safran, croisés par un soir calme et gris, jouant, au pas, une musique « indistincte et étrange » (« *vaga e strana* »), avant de s'engager sur le chemin scabreux qui mène au Couvent de la Présentation.

Trois ans auparavant, le 26 août 1909, Joyce avait écrit à Nora depuis Bowling Green, alors qu'elle était restée à Trieste, où le couple s'était installé quatre ans auparavant :

Ma chère petite Nora fugitive,

Je t'écris cette lettre, installé devant la table de la cuisine dans la maison de ta mère ! J'ai passé toute la journée ici à parler avec elle et je vois bien qu'elle est la mère de ma chérie et je l'aime beaucoup. Elle a chanté pour moi The Lass of Aughrim *mais elle n'a pas eu le cœur de me chanter les derniers couplets où les amants échangent leurs gages d'amour. Je passerai cette nuit à Galway.*

Comme la vie est étrange, n'est-ce pas mon cher amour? Imagine donc ma présence ici! Je suis allé voir la maison de Saint Augustine Street où tu as vécu avec ta grand-mère et demain matin j'irai la visiter, en donnant pour prétexte que je pourrais l'acheter, dans le seul but de voir la pièce où tu as dormi.

Je leur ai demandé des photos de toi quand tu étais petite, mais ils n'en ont pas.

Au recto de la carte postale : des lieux familiers et chers à Nora, avec des vues regroupées de l'église de Claddagh, de Salthill et du vieux Menlo Castle, dressé sur les rives du Corrib, et qui sera détruit par un incendie au cours de l'été 1910.

The Lass of Aughrim, « La Fille d'Aughrim », cette triste ballade, où se lamente une jeune femme séduite puis abandonnée, viendra tourmenter Gretta Conroy dans les dernières pages de *The Dead*, hantées par le souvenir d'un amour défunt, connu du temps où elle vivait à Galway, chez sa grand-mère. C'est Nora, croit-on savoir, qui la lui avait chantée pour la première fois. Joyce ne s'en est jamais lassé.

Oh don't you remember
That night on yon lean hill
When we both met together
Which I am sorry now to tell…

Ne te rappelles-tu pas
Cette nuit sur la colline
Quand nous nous rencontrâmes
Ce que je regrette de dire aujourd'hui…

Moins d'une semaine plus tard, depuis Dublin, il écrit à Nora, sa « tendre épousée de Galway », à propos de cette complainte : « Mes yeux sont noyés de larmes et ma voix tremble d'émotion quand je chante cet air si charmant. »

O, the rain falls on my heavy locks
And the dew wets my skin,
My babe lies cold within my arms
Lord Gregory let me in.

Ô, la pluie tombe sur mes boucles épaisses
Et la rosée mouille ma peau,
Mon bébé est étendu, glacé
Lord Gregory laisse-moi entrer.

On peut alors imaginer Joyce flânant le long du Corrib pris par les tourbillons et les remous, à la tombée des étoiles, se dirigeant vers l'Océan, ou bien alors, cap à l'ouest. Joyce emprunte en plein midi la longue promenade bordée de sable qui mène jusqu'à Salthill, aujourd'hui station balnéaire populaire et très fréquentée l'été, avec sur la gauche, l'étrange îlet de Mutton Island, au niveau du verdoyant South Park, et le monument dédié aux morts de la famine et aux exilés forcés. Les mots qui cognent dans sa tête, en italien, en anglais, les phrases qu'il détricote et recompose, les noms de personnages qu'il transforme, les intimations obscènes qu'il chuchotera tout à l'heure à l'oreille de Nora, alors qu'il marche la tête haute et les mains dans les poches, en direction de Rusheen Bay, vers les derniers arpents de l'Europe.

Le 16 août 1912, Joyce quitte Galway pour rejoindre Dublin, et de là, Trieste, son port d'attache. Plus jamais il ne remettra les pieds sur le sol irlandais.

Quant à Nora, elle y fera une dernière visite familiale au printemps 1922, après dix ans d'absence, en compagnie de ses enfants, quelques mois après l'accession mouvementée et sanglante de l'Irlande à l'indépendance, alors que les violences se multiplient à Galway (passée sous le contrôle de l'IRA), entre indépendantistes irlandais et unionistes. Le train qui la ramène à Dublin sera mitraillé par les Connaught Rangers, hostiles à l'indépendance de l'Île.

Ce quartier avait été surnommé *Baggotonia*, par un sacré leveur de coude, doté d'une plume affilée, Patrick Kavanagh. Situé dans les environs du parc Merrion, avec pour centre Baggot Street, et pour proches satellites, à l'ouest, Duke Street et Harry Street, et Pembroke, en descendant vers le sud, jusqu'au Baggot Street Bridge enjambant le Grand Canal de Dublin, où Beckett aimait à se promener, en faisant un des lieux de prédilection du protagoniste de *Bande et Sarabande*. C'est un peu le Quartier latin de Dublin, où alternent de nombreux pubs aux façades brillantes de rouge ou de vert profond, entre les bâtisses victoriennes et les maisons aux murs de brique peinte, établissements fréquentés par les plus grands écrivains et artistes irlandais.

Yeats, dit-on, qui ne buvait pas d'alcool, avait fréquenté le Toner's, sur Baggot Street, où il ne mit les pieds qu'une seule fois, alors qu'il venait de prendre son poste de sénateur de la jeune République d'Irlande, pour y boire un verre de *sherry* en compagnie d'un de ses proches amis. Depuis les années 1920, l'endroit, qui accueillera Patrick Kavanagh, Peter O'Toole, et avant eux Bram Stoker, et plus tard le jeune Colm Tóibín qui y finissait ses nuits, n'a pas changé : sol recouvert de dalles, mêmes banquettes défoncées, miroirs au tain écaillé, cuivres hors d'âge mais bien lustrés,

même étroite et sombre arrière-salle, cette *snug room* où, paraît-il, Yeats s'était attardé ce jour-là, seul.

Yeats habitait alors dans une vaste demeure géorgienne donnant sur le parc arboré de Merrion, là où Joyce avait donné son premier rendez-vous à Nora, qui travaillait comme femme de chambre dans un petit hôtel voisin, sur Leinster Street. C'était le 14 juin 1904. Joyce l'y attendit, en vain. Ils se retrouvèrent dans le quartier deux jours plus tard, soit le 16 juin, qui deviendra le célèbre Bloomsday.

De ses mémorables bambocheries, de ses colossales muflées entrecoupées de joutes fraternelles au Toner's, Patrick Kavanagh tirera un superbe poème, mis en musique plus tard par les Dubliners :

If you ever go to Dublin town
In a hundred years or so
Inquire for me in Baggot Street…

Si jamais vous allez à Dublin
Dans une centaine d'années,
Demandez-moi dans Baggot Street…

Plus posé, Yeats avait écrit au soir de sa vie «*A Drunken Man's Praise of Sobriety*», dont le ton, d'une surprenante modernité, avait séduit le chanteur-compositeur Elvis Costello dans les années 1990 :

Come swish around, my pretty punk,
And keep me dancing still
That I may stay a sober man
Although I drink my fill.

Allez! Virevolte autour de moi, ma jolie souillon,
Et fais-moi encore danser
Afin que je reste un homme sobre
Même si je bois tout mon saoul.

Elle s'achève sur ces mots :

A drunkard is a dead man
And all dead men are drunk.

Un ivrogne est un homme mort
Et tous les morts sont ivres.

C'était, pour la toute première fois, l'apparition du mot *punk* dans la poésie anglo-saxonne. Il avait alors le sens de « dépravé », de « moins que rien », de « souillon ».

Né un vendredi saint, mort le jour de Noël, le jeune Samuel Beckett fit un bref et unique séjour à Galway en compagnie de son frère aîné Frank, à l'automne 1932, passant par l'église Saint-Nicolas qu'il avait trouvé charmante, selon ses mots, et dont il se souviendra deux ans plus tard dans l'étrange *Bande et Sarabande* (*More Pricks Than Kicks*), prose endiablée, hantée par la figure dantesque de Belacqua, tirée du Purgatoire, où le lieu saint apparaît sous le nom de Saint-Tamar. Dans une lettre de cette époque, Beckett évoque une « magnifique petite ville magique et grise pleine de pierres délicates et de ponts et d'eau », en faisant allusion aux tourbières, aux monts du Burren et aux paysages alentours (le Corrib, le Lough Mask, et plus au nord Mulranny dans le comté de Mayo, sur les hauteurs de Croagh Patrick, ce grand lieu de pèlerinage surnommé « The Reek ») et à la dévotieuse visite de Christophe Colomb. Un voyage inoubliable et beaucoup trop court, confiera-t-il, avec le vœu d'y retourner un jour. Ce qu'il ne fera pas.

Beckett avait quitté l'Irlande en 1928 pour s'installer à Paris ; il avait alors vingt-deux ans. Il foulera le sol natal une dernière fois, en 1954, pour se rendre au chevet de Frank, qui allait mourir d'un cancer du poumon à Dublin, quelques semaines plus tard.

Ponctuel comme à son habitude, Darren m'attendait à huit heures précises, au volant de sa Toyota bleu pétrole, devant l'hôtel Jurys Inn, où j'avais échangé quelques mots avec un jeune New-Yorkais venu retrouver les traces de ses ancêtres irlandais. L'établissement, sans charme, a été construit au début des années

1990 sur l'emplacement d'une ancienne distillerie de whisky. C'est sur sa façade latérale qu'ont été dévoilés au printemps 2019 les vers de Mary Devenport O'Neill, originaire de Loughrea, que je n'ai pas eu le temps de lire intégralement.

This town is eaten through with memory
Of pride and thick red Spanish wine and gold
And a great come and go

Cette ville est dévorée par la mémoire
de l'orgueil, et par l'épais vin rouge d'Espagne et l'or
Et une grande effervescence

En route donc pour la Wild Atlantic Way et Coole Park, en compagnie de Darren, un trentenaire aux avant-bras tatoués, vif d'esprit, discret et à l'écoute, qui connaît depuis sa jeunesse la région comme le fond de sa poche. La température est plutôt fraîche, les nuages font une dernière apparition.

Peu de monde sur la route, 60 km/heure, la vitesse de *croisière* idéale pour voir et sentir. Nous passons par les charmants villages de Mulroog, d'Oranmore et de Kilcolgan, et toujours plus au sud, Ballinderreen et Kinvara, au creux de la baie, où nous faisons une halte pour contempler le château fortifié, couronné d'un imposant

mâchicoulis, le Dunguaire Castle, dressé sur un tertre rocheux, au pied des flots, depuis le début du XVIe siècle. Un décor de pierre aux ocres sombres, d'azur, d'herbe moussue, cerné d'eau aux reflets de cuivre, où s'ébattent des courlis et des vanneaux huppés, où glissent des cygnes blancs : un paysage de carte postale, comme seule l'Irlande côtière peut en produire, sous une clarté accueillante et inattendue. Un échantillon photogénique de cette île de saints, de poètes et de pierres.

Familier de longue date de la région, Michel Déon avait retracé dans *Cavalier, passe ton chemin !* le singulier destin d'une amazone excentrique et espiègle qui avait habité dans le sinistre donjon du château, une certaine Lady H., après avoir chanté les charmes du village de Kinvara (aujourd'hui encombré par les bus de touristes pressés), avec ses « gaies maisons bariolées de marron chocolat, rouge sang de bœuf, jaune jonquille, bleu du ciel et même blanc nuageux. »

Le poète et médecin Oliver Gogarty, que son ami Joyce avait caricaturé dans *Ulysse* sous le nom de Malachi « Buck » Mulligan, avait acquis le château de Dunguaire en 1924, avant de le revendre rapidement.

Sans succès, j'ai cherché dans la baie de Kinvara, dans les environs de Duras, à la frontière du comté de Clare, la résidence d'été de Florimond-Jacques de Basterot, chevalier du Saint-Sépulcre et grand voyageur, que Yeats et ses amis visitaient quelques fois. Je lui ai posé la question : Darren n'en avait jamais entendu parler. On dit que c'est chez le vicomte de Basterot, dans une superbe demeure du début du XIXe siècle, par une belle après-midi, que Yeats et Lady Gregory, née Isabella Augusta Persse, fille du richissime fondateur de la Compagnie des Indes orientales, veuve de l'ex-gouverneur de Ceylan, ont évoqué pour la première fois leur volonté de faire connaître et de populariser le répertoire théâtral purement irlandais. Le vicomte de Basterot leur avait relaté des anecdotes rapportées de ses voyages aux Amériques, aux Caraïbes et au Levant.

Nous sommes arrivés une petite demi-heure plus tard à Coole Park et ses *Seven Woods*, très peu fréquentés : quelques promeneurs sur le sentier principal, un couple de flâneurs, une joggeuse à bout de souffle. Le ciel est d'un bleu frotté de gris au-dessus d'une vaste forêt aux épais ombrages, s'étendant sur plusieurs centaines d'hectares, où percent quelques clairières. Une impressionnante, une enivrante cathédrale de verdure et de chlorophylle, dominée par les frênes démesurés, les chênes pédonculés et des ifs tout aussi imposants ; ici ou là, des aulnes, des coudriers touffus et des ormes épanouis. Je me dirige vers le lac, distant de deux ou trois kilomètres, au ras de rosiers pimprenelles, d'anémones pâles et de parterres de violettes. Odeurs d'humus noir, de bois musqué. Relents capiteux de l'été. Loin du monde.

Attendant patiemment dans la voiture, Darren m'avait alerté : « Avec un peu de chance, et si vous êtes bien attentif, vous pourrez apercevoir des martres, ou même des loutres, aux abords du lac. Prenez tout votre temps. »

Le lac, excroissance de la rivière Coole, se profile par endroits entre les branches touffues, sur la droite. Plus on avance, plus il semble s'éloigner.

L'impression d'arriver au bout d'un monde, fait d'eaux basses et peu claires, de ciel au ralenti, de brise tremblante. Pas un cri d'oiseau, pas un chant d'oiseau. Pas un battement d'aile, les passereaux ont disparu ou se sont mis à l'abri.

A cleft in time, silence.

Yeats en avait fait son lieu privilégié de promenade, en compagnie de sa grande amie Lady Gregory à qui il dédia ce poème :

Je marchais dans les sept bois de Coole :
Shan-walla, où sur l'étang bordé de saules
S'assemblent les canards sauvages qui fuient l'aube hivernale ;
Kyle-dortha, le bois ombreux ; Kyle-na-no plus ensoleillé,
Où des centaines d'écureuils sont aussi heureux

Que s'ils étaient cachés par de vertes ramures
Où l'âge ne peut les atteindre ; Pairc-na-li,
Où le coudrier, le frêne et le troène aveuglent les sentiers ;
L'obscur Pairc na-carraig où les abeilles sauvages jettent
Leurs brusques parfums dans la verdure de l'air

Après avoir longé ce sombre Pairc-na-Carraig, littéralement « le terrain rocheux », j'ai vu apparaître le lac, à découvert, s'étendant presque à perte de vue, bordé de roches brunes posées de guingois sur une herbe d'un vert au scintillement extraordinaire. Certaines plus grosses et massives, comme des menhirs déboulonnés, d'autres aux allures de sobres stèles ou de gisants démembrés, étêtés. L'horizon s'est couvert de nuages bas étalant leurs dégradés sépia. Je suis resté immobile une dizaine de minutes, cherchant à traduire mes émotions. Les mots qui me venaient, lentement m'étaient dictés par d'autres : Yeats, O'Casey, et Synge, mort avant l'heure, à trente-sept ans. J'étais sans voix. Comme tétanisé par le spectacle qui s'offrait à moi.

Afin de briser le silence, j'ai pris quelques pierres plates et des galets que j'ai lancés sur l'eau couleur de vase pour tirer des ricochets décevants, trois ou quatre rebonds, pas davantage… J'ai pensé à mon enfance, sur les bords de Seine. Je me trouvais ridicule, désarmé.

Le lac de Coole est un lieu sans âge, un décor échancré sans passé, où le silence a été patiemment composé par les siècles. Golaud et sa femme Mélisande pourraient en surgir, d'un moment à l'autre, où même le jeune berger Yniold. On n'en serait pas surpris. Les altos et les violons tourbillonnent puis s'apaisent dans ma tête. « Vous ne savez pas où je vous ai menée, je viens souvent m'asseoir ici vers midi, lorsqu'il fait trop chaud dans les jardins… », chante Pelléas, le demi-frère de Golaud. Je m'assois donc, sur une pierre humide. Les yeux fermés. Le temps d'un cantique ou d'une aria. Pelléas et ses sombres diaprures, serait-on tenté de dire.

Coole Park : une oasis. Étrange et improbable *hortus deliciarum*.

L'image de la légendaire reine du Connacht, Maeve (*Mebd* en gaélique) m'est revenue. Une grande séductrice à l'abondante chevelure blonde, et une infatigable guerrière, ennemie farouche du Hercule irlandais (d'autres l'ont comparé à Achille), le redoutable Cúchulainn, armé de sa fidèle lance *Gáe Bulg*, qui avait tenté de lui ravir la province de l'Ulster, un de ses principaux faits d'armes. Maeve, selon la légende celtique, repose sous un vaste tumulus, sur les hauteurs de Knocknarea, dans la province de Sligo, au nord-ouest de l'Irlande. Elle aurait inspiré à Shakespeare le personnage de Queen Mab dans *Roméo et Juliette*. Yeats l'a convoquée dans plusieurs de ses poèmes, parmi lesquels *The Hour before Dawn* et *The Old Age of Queen Maeve*.

Cúchulainn, qui se prononce à peu près « Kouralaine » : un mot que j'aime bien, dans lequel on peut entendre la haine, le courroux, le courage, le cœur et l'haleine. Littéralement, « le chien de Culann », et qui sonne comme un nom de rivière ou d'affluent. Pour les Anglais, c'est « *Koo' hull' in* ».

J'ai pensé à la blonde Keelin, à sa passion avouée pour l'ornithologie, les noms d'oiseaux qu'elle m'avait recopiés sur une feuille de papier rose. *Mallards, oystercatchers, coots, corncrakes, curlews, fulmars, jackdaws, lapwings, moorhens, teals, wigeons*... Keelin qui demain s'envolera pour Londres avant de rejoindre Cambridge. Son souvenir restera attaché à jamais aux ballades âpres et écorchées de Lisa O'Neill, qu'elle m'avait fait découvrir : *The Lass of Aughrim* et son hommage aux vies broyées des dockers et des débardeurs irlandais dans *Rock the Machine*, mélodie soutenue par les arpèges lancinants d'un banjo aigrelet et par le grondement plaintif, comme une basse continue, de la contrebasse. Comme si les pierres s'étaient mises à chanter.

À Coole Park, je n'ai vu ni martre, ni loutre. À peine quelques cygnes, discrets, perdus au loin, tout au fond du paysage.

Quelques photos et croquis en témoignent : Yeats et ses amis se payaient de bonnes parties de pêche à la mouche sur le Coole Lough, après le déjeuner. De longues heures à se disputer truites, perches et brochets, à bord d'une petite barcasse à rames, qui n'aurait pas supporté la première vague atlantique. Parmi eux : l'excentrique végétarien George Bernard Shaw, mais aussi G. W. Russell, George Moore et John Millington Synge, le pèlerin des îles d'Aran. Et sans doute le dramaturge Seán O'Casey, tombé rapidement sous le charme du lieu, et comme il le dira dans un volume de ses Mémoires, *Inishfallen*, fasciné par le léger gazouillis produit par les eaux calmes du lac.

Et après la pêche, venait l'heure de la partie de cricket ou celle des conversations animées autour d'un thé et d'un *Gort cake* préparé par Lady Gregory, variante du traditionnel *barmbrack*, un étouffe-chrétien garni d'épices, de raisins de Corinthe, de groseilles confites, et imbibé de brandy. On parle de Shakespeare et de projets théâtraux, de la guerre des Boers et du sort politique de l'Irlande, des subtilités de la langue gaélique, de spiritisme et de revenants. Accrochés aux murs du salon, de nombreux portraits de famille, des gravures signées de Mark Twain ou de Thackeray, des paysages de Galway qui avaient inspiré Sir John Burton et, plus précieuses, de petites toiles de Guardi et de Canaletto, les maîtres vénitiens de la *veduta,* placées près des grandes fenêtres à saillie qui ouvraient sur un jardin agréable l'été, objet de tous les soins de Lady Gregory.

Sur le chemin du retour, le ciel étant menaçant, j'ai pressé le pas pour me rendre jusqu'au fameux hêtre pourpre où Lady Gregory, qui vécut dans son manoir de Coole Park jusqu'à sa mort en 1932, et ses amis avaient gravé leurs initiales au couteau à même le tronc. Un lieu de pèlerinage de plus. Cela, c'était bien longtemps après que Lady Gregory a participé activement au renouveau gaélique, avec la fondation, aux côtés de Yeats, de l'Irish Literary Revival et de l'Abbey Theatre à Dublin, entre la fin du XIXe et le début du XXe siècle.

Poursuite du « W. B. Yeats Tour », en passant par le village de Gort, puis cap sur l'ex-baronnie de Kiltartan, en empruntant des routes étroites et bosselées, en lacets. C'est une autre forme de silence ici, plus vivant et plus liturgique. Je suis face à l'imposante tour carrée bâtie en 1585 par Ulick de Burgo (de Burgh, ou encore de Burke), roitelet de Clanricarde, issu de la noblesse normande implantée dans la région depuis plus de deux siècles. Soit un an après la construction de Spanish Arch, extension de la muraille protégeant Galway et son port depuis le Moyen Âge.

Yeats, sur le conseil de son amie, la riche ethnographe et dramaturge Lady Gregory, locataire de longue date de Coole Park, avait fait l'acquisition de la Thoor Ballylee en 1917, pour la somme de trente-cinq livres, juste avant son mariage, non pas avec sa muse Maud Gonne, mais avec Georgie Hyde-Lees, de vingt-sept ans sa cadette. Il y passera l'essentiel de ses étés, jusqu'à la fin des années 1920, après l'avoir fait réhabiliter. Ce lieu isolé, cette bâtisse de retraite, percée de fenestrons aux volets verts et de meurtrières, qui s'élève sur trois étages, quelque peu inquiétante, malgré la végétation particulièrement exubérante et variée qui l'entoure (buissons d'aubépine, hauts marronniers vigoureux, violettes des chiens et ficaires jaunes, primevères, ail des ours...), est baignée par le Streamstown, un maigre affluent mousseux de la Cloon River, où frétillent truites et perches. Je l'ai longé, vers l'amont, dépassant les frênes, à l'opposé du pont à quatre arches gagnées par les herbes qui l'enjambe, me frayant un chemin sur près de trois cents mètres, écartant les branches, passant sous une énorme souche d'arbre qui barrait l'accès, pour rejoindre les restes d'un vieux moulin à aube à l'abandon. Un terrain propice aux légendes monstrueuses ou guerrières, aux fées et aux beautés préraphaélites, aux chants éthérés repris en chœur, aux cauchemars aussi. Un lieu d'isolement pour les âmes en peine ou les cœurs tourmentés, un lieu de rendez-vous discret pour

les amants désunis ou condamnés, enfin un lieu d'expiation et de relégation, où semble souffler entre les rives rongées par la roche, un lyrisme noir, sauvé des eaux.

Michel Déon, dont on peut imaginer qu'il avait été comme ensorcelé par ce panorama, avait raison quand il affirmait qu'il n'y a rien de plus follement romantique que cette Thoor Ballylee, où « une âme pure et noble s'est épanouie ici dans la sérénité et la solitude ».

Ce recoin du monde où se fondent la pierre et l'onde, Yeats l'avait célébré dans plusieurs poèmes, dont « *My House* », extrait du recueil *The Tower*, publié en 1928, l'année où il fit ses adieux définitifs à sa tour de pierre.

Un pont ancien, et une tour plus ancienne encore,
Une ferme que protègent ses murs,
Un arpent de terre rocheuse,
Où la rose symbolique peut fleurir,
De vieux ormes déplumés, d'innombrables
vieux prunelliers
Le bruit de la pluie ou le bruit
De tous les vents qui soufflent

Au pied de son donjon et à hauteur d'homme, Yeats avait voulu faire graver les mots suivants, c'était son vœu le plus cher, aujourd'hui difficilement lisibles, là où le granit brunit et assombrit ses ocres :

I, the poet William Yeats,
With old mill boards and sea-green slates,
And smithy work from the Gort forge,
Restored this tower for my wife George;
And may these characters remain
When all is ruin once again.

Moi, le poète William Yeats,
Avec les planches d'un vieux moulin
et des ardoises vert d'eau,
Et de la ferronnerie de la forge de Gort,
J'ai restauré cette tour pour ma femme George ;
Et puissent ces signes témoigner
Lorsqu'à nouveau tout ne sera que ruine.

Abandonnée par la suite aux intempéries et aux ravages du temps, vidée de son mobilier, débarrassée de ses objets, utilisée comme étable ou comme entrepôt, délabrée et décrépite, la branlante Thoor Ballylee fut reprise en main par les pouvoirs publics, restaurée à partir du début des années 1960 et par la suite ouverte au public, à l'occasion du centenaire de la naissance de Yeats.

La veille au matin, nous avions poussé plus vers le sud, traversant le comté de Clare sous une pluie douce, jusqu'aux spectaculaires et vertigineuses falaises de Moher, dominant brutalement l'Atlantique de plus de deux cents mètres de haut, et sur près d'une dizaine de kilomètres. En comparaison, celles d'Étretat, mille fois moins spectaculaires et d'une sauvagerie contenue, ne sont qu'un théâtre d'enfant, un simple élément de décor pour impressionnistes. Plus loin, le profil des sommets bossus du Burren – surfaces rabotées et pelées, lunaires presque, sans un arbre, sans une habitation, sous un ciel d'opéra –, les franges rocailleuses de Flaggy Shore dont le calme abyssal et sauvage avait inspiré Seamus Heaney ; Murroogh et les dunes de Fanore Beach, piquées de seigle de mer, de ravenelles et rehaussées d'ajoncs, et d'où l'on aperçoit la silhouette massive des îles d'Aran ; Ballyvaughan et le phare carré de Black Head ; et toujours dans le comté de Clare, Doolin. Un crochet par la bourgade endormie de Lisdoonvarna, que Darren me présente comme un des cœurs de la musique traditionnelle irlandaise, sinon le berceau, comme en témoigne le succès de son festival annuel.

Fils d'un jockey ayant dû arrêter sa carrière à la suite d'une vilaine chute de cheval, Darren a lui aussi vu son destin bifurquer, après avoir

abandonné ses velléités de musicien (violon et banjo), lui qui rêvait d'accompagner ses idoles d'alors, Dolores Keane, Christy Moore et Johnny Duhan, auteur de la ballade *The Voyage*, qui vit depuis des années loin de l'agitation urbaine, à Barna, sur la côte sauvage, à l'ouest de Salthill.

Life is an ocean, love is a boat,
in trouble waters it keeps us afloat…

Pas assez de discipline malgré l'enthousiasme, trop de mauvaises fréquentations, trop d'alcool aussi. Natif de Limerick, Darren était parti à vingt ans à Dublin pour suivre une formation de cuisinier. C'est là qu'il a rencontré sa future femme, originaire d'Oranmore, dans le comté de Galway, où ils se sont finalement installés il y a sept ou huit ans. Lors de la pause, le long de la Wild Atlantic Way, Darren m'a bien fait rire en m'apprenant qu'en avril 1919 la ville de Limerick s'était constituée en République indépendante soviétique, avec le soutien de l'IRA, après une grève générale. Cela avait duré une douzaine de jours, le temps tout de même de frapper sa propre monnaie. Lui, ne riait pas, il tirait nerveusement sur sa cigarette. Son arrière-grand-père était un des meneurs communistes dudit

Soviet, qui a mal fini. Après quelques minutes, alors que les hauteurs galbées et les petits mamelons du Burren se couvraient de nuages lents, il s'est mis à entonner des couplets parlant d'un certain Jimmy et d'une Sally, d'harmonica, de bière, de whisky et de trains à prendre sous la pluie, de plus en plus fort, en gueulant des «*far away*» à tout-va. Nous étions seuls sur la route, et pas une seule voiture à l'horizon.

– Vous connaissez ?

Il avait retrouvé le sourire.

– C'est une chanson des Pogues, je crois bien… Un refrain de poivrot…

– Gagné ! C'est *Sally MacLennane*. Cette sacrée Sally dont tout le monde rêve et qui nous a fait tourner la tête !

J'ai deux bonnes raisons de m'attabler chaque matin à la terrasse abritée du Cafe Express. Pour le sourire et les mots de Keelin, premièrement. Deuxièmement, pour la vue sur Eyre Square et l'Imperial Hotel, à hauteur de Williamsgate Street, attenant à un grand fast-food, le Supermac's & Papa John's, qui ferme ses portes à 3 heures 30 du matin, chaque jour. Si l'établissement d'origine a été détruit, l'emplacement est resté le même ; c'est Darren qui me l'a confirmé.

C'est à cet Imperial Hotel qu'était descendu Antonin Artaud en août 1937, après avoir passé quelques jours à errer sur l'île d'Inishmore, neuf mois après son périple mexicain et son séjour chez les Tarahumaras. Juste avant de se rendre en Irlande, où il sombrera dans la folie, il avait écrit à une de ses amies : « Depuis deux mois environ je suis entré dans l'extraordinaire », ajoutant : « Et j'ai compris la torture de ma séparation de la vie. » Galway, l'avant-dernière station de la passion selon saint Artaud, qui s'achèvera quelques années plus tard dans les asiles du Havre, de Sainte-Anne, de Ville-Évrard, de Rodez et enfin à la maison de santé d'Ivry.

Sans le sou, en proie au délire de la persécution, ne se séparant jamais de sa canne de Saint-Patrick, marquée par le sceau magique de la foudre, il adresse entre deux imprécations des lettres à ses proches, leur demandant de l'argent, prophétisant peste, incendies ravageurs, émeutes et fusillades dans les rues de Paris, vitupérant, hagard, jetant des anathèmes. Il confie alors, après avoir visité une sombre chapelle de Kilronan : « Je suis à la recherche de la dernière descendance authentique des Druides, celle qui possède les secrets de la philosophie druidique, sait que les hommes descendent du dieu de la mort. » Le 8 septembre, Artaud informe André

Breton, toujours sur papier à en-tête de l'Imperial Hotel : « Je quitte Galway et je vais vers mon destin », et l'enjoint en ces termes : « Je compte sur vous pour envoyer le Sort. » Il est expulsé d'Irlande par les autorités quelques jours plus tard, après avoir fait irruption dans la cathédrale Saint-Patrick de Dublin, interrompant une cérémonie de mariage en vociférant, distribuant des coups de canne parmi l'assistance, avant de s'effondrer aux pieds d'un Christ en croix.

The Galway Poetry Trail. Il existe, parsemés tout au long de la rive orientale du Corrib, de petits socles en forme de pupitres, coiffés de plaques commémoratives sur lesquelles ont été gravés des mots d'écrivains qui ont rendu hommage à Galway, et qui forment une manière de balise littéraire ou historique au fil de l'eau, peu ou prou à l'image des *Itinerari letterari* qui fleurissent sur les façades de la Trieste de Svevo, Saba et Joyce, sous forme de discrets carreaux de faïence numérotés. À tout seigneur tout honneur à Galway : Yeats, puis George Moore, Kevin Faller, Mary Devenport O'Neill (qui écrivit dans les années 1920 : « *I know a town tormented by the sea, / And there time goes slow…* »), aux abords de l'hôtel Jurys Inn, Walter Macken, dont je n'avais jamais entendu parler… Et ce temps qui prend ses lenteurs, *ses aises*.

Une plaque grise, apposée contre un mur de pierre, à proximité du restaurant Ard Bia at Nimmo's a plus particulièrement retenu mon attention : celle consacrée à l'auteur de romans policiers Ken Bruen, et qui reprend un passage de *La Main droite du diable* : « Le Long Walk fait partie de mes itinéraires préférés. On passe sous le Spanish Arch avant de longer le bassin ; le quartier du Claddagh est juste en face. La jetée de Nimmo indique la pointe. Devant vous s'étend la baie de Galway, on pourrait presque distinguer les îles d'Aran. »

C'est le détective quinquagénaire Jack Taylor qui s'exprime, personnage populaire grâce à une série télé, né de l'imagination de Bruen au début des années 2000. « *Long Walk is among my favourite routes. You pass under the Spanish Arch then along by the water…* »

Un peu plus loin, près du bassin, on peut lire *sur du marbre vert patiné un poème achevé en septembre 1939* par Louis MacNeice, fils d'un évêque anglican et d'une citoyenne de Ballymacrony. La plaque a été dévoilée en 2019 par John Duhan.

O the crossbones of Galway,
The hollow grey houses,
The rubbish and sewage,
The grass-grown pier,
And the dredger grumbling
All night in the harbor:
The war came down on us here.

Ô les os croisés de Galway,
Les grises maisons vides,
Les ordures et les eaux d'égout,
La jetée herbeuse,
Et le remorqueur lâchant ses râles
Toute la nuit dans le port :
C'est là que la guerre nous est tombée dessus.

J'ai eu beau chercher, rebrousser chemin, poser la question : je n'ai trouvé aucun hommage de pierre à Joyce.

Située au nord de la ville, la cathédrale Notre-Dame-de-l'Assomption, dite aussi Saint Nicholas, est toute à l'opposé de Saint-Nicolas. Imposante, impersonnelle, toute de pierre calcaire et de granit, elle a été inaugurée et consacrée le 15 août 1965, non loin du Corrib, précisément à l'emplacement de l'ancienne prison, sur Nun's Island. Un bâtiment cruciforme couronné d'un dôme galbé et verdâtre, et pour tout dire, d'une insupportable laideur, avec ses vitraux sans diaprures, ses sculptures taillées à l'emporte-pièce, sa froide atmosphère, comme si le sacré avait fui ce lieu divin qui semble voué au calvinisme le plus austère, le plus rigoriste. Son nom officiel et complet : *Cathedral of Our Lady Assumed into Heaven and Saint Nicholas.* Du moins, ici on ne vend pas de souvenirs pieux, de médailles, de mugs, de magnets ou de tee-shirts, comme j'ai pu le voir il y a une dizaine de jours au sein même de la cathédrale Saint-Patrick de Dublin, à quelques mètres d'un crucifix et de la sépulture de Jonathan Swift, et de son épitaphe écrite en lettres dorées sur fond noir, avec son cinglant «*Abi viator*», que Yeats traduira par « *Go forth, Voyager*», et qu'il adaptera pour lui-même. «*Horseman, pass by*» sera son dernier message, immortalisé dans le marbre à Drumcliff.

Seule chose qui vaille vraiment le coup d'œil à Saint-Nicolas, ou le détour : les plaques de bronze scellées sur les différents portails, illustrant, dans le style du Moyen Âge, des scènes des Évangiles : la Samaritaine au puits, le retour du fils prodigue, Marie Madeleine en pénitence, le Christ face à saint Thomas…

1965 ? Alors, John Fitzgerald Kennedy n'avait donc pu s'y rendre, puisque sa visite officielle en

Irlande, pour revenir sur les pas de son arrière-grand-père maternel, Thomas Fitzgerald, natif du comté de Limerick, datait de juin 1963, un peu moins de trois ans après avoir été élu à la présidence des États-Unis, et quatre mois avant d'être assassiné. Keelin, la charmante serveuse aux cheveux d'un blond ardent du Cafe Express, à l'angle d'Eyre Square et de Shop Street, où je me rends chaque matin, m'aurait donc raconté des sornettes ? Elle avait pourtant raison sur un point : une mosaïque – dans le goût kitsch et naïf – rend bel et bien hommage à ce descendant d'Irlandais, serti dans un médaillon, les mains jointes, à droite d'un Christ triomphant, dans la chapelle de la Résurrection. Sur la gauche, de profil également, et en vis-à-vis, l'écrivain et militant indépendantiste Patrick Pearse, un des leaders de l'insurrection de Pâques en 1916, condamné et fusillé par les Anglais à Dublin, le 3 mai de la même année. Son ami Yeats dira, dans son poème « Easter, 1916 » : « *A terrible beauty is born.* »

Thomas Fitzgerald était effectivement parti du port de Galway, âgé de vingt ans à peine, en 1852, pour fuir *The Great Famine* (*An Gorta Mór* en gaélique), et rejoindre les côtes américaines et le Massachusetts, où il s'installera pour fonder une dynastie pour ainsi dire maudite, qui perdure aujourd'hui.

Devant une foule compacte et enthousiaste, après avoir été nommé Citoyen d'honneur de Galway, JFK prononça ce jour de l'été 1963, juste avant son départ, un bref discours à Eyre Square, que l'on peut visionner sur Internet : « Si le ciel était assez dégagé et que vous descendiez jusqu'à la baie, en regardant vers l'ouest, à condition d'avoir une bonne vue, vous découvririez Boston, dans le Massachusetts. » Ajoutant, après avoir souri de son bon mot : « Ainsi, vous verriez là-bas, à l'œuvre sur les quais, les Dougherty, les Flaherty et les Ryan et tous vos cousins qui sont partis vivre à Boston. »

Très tôt dans la matinée, nouvelle balade le long du Corrib, sous le crachin, puis rencontre plutôt animée avec le romancier Mike McCormack au café de l'hôtel. Voilà près de quarante ans qu'il vit ici, avec femme et enfant, prenant son temps pour écrire ses livres, entre deux cours donnés à l'université de Galway, jusqu'à la récente consécration qui a accompagné la publication de son étrange troisième roman, *D'os et de lumière* (*Solar Bones*). L'homme, « nature », en jeans et tee-shirt noir, est franc du collier, parlant sans fioritures, évoquant tour à tour ses nuits passées au pub Taylor's de Galway, au moment où il était très engagé au sein d'un collectif d'artistes visuels, ses influences littéraires (Thomas Pynchon, qui a changé sa perception de la littérature, Italo Calvino, ses compatriotes Flann O'Brien et John McGahern, Philip K. Dick et J. G. Ballard, le Michel Tournier de *Melchior, Gaspard et Balthazar*, les poètes de la Beat Generation). Il s'attarde sur la vitalité de cette ville universitaire, les nombreuses manifestations qui animent la vie culturelle, sur son souvenir ému d'une rencontre avec Allen Ginsberg au cours du Cúirt Literary Festival, en 1995, au cours duquel le poète, présenté par Bono, de U2, avait lu quelques poèmes. Il s'étend sur les liens privilégiés de la ville avec l'Espagne, depuis des siècles, sur son caractère rebelle, sinon réfractaire vis-à-vis de l'autorité, et ce depuis la reconquête de l'Irlande par les Tudor et les lois élisabéthaines du XVIIe siècle, sur le foyer révolutionnaire et indépendantiste de la région jusqu'à l'indépendance, arrachée dans le sang au début des années 1920. « C'est une ville à la population très jeune, insiste-t-il, devenue à la mode, et très courue depuis une dizaine d'années. » Ses goûts musicaux, très larges, vont du classique et d'Arvo Pärt au *death metal* scandinave, en passant par les mélodies country de Hank Williams, Bob Dylan, Metallica, et Slayer, un groupe californien de *trash metal* qu'il a récemment vu sur scène. Je lui ai parlé de Joyce et de son incompréhensible absence du Galway Poetry Trail. Il m'a répondu : « Vous faites erreur. Joyce est bien présent, mais en dehors de la ville. Sa plaque se trouve à l'entrée du cimetière, avec ces vers :

Rain on Rahoon falls softly, softly falling,
Where my dark lover lies.
Sad is his voice that calls me, sadly calling,
At grey moonrise.

La pluie sur Rahoon tombe en douceur, tout doux tombe,
Où repose mon sombre amant
Triste est sa voix qui m'appelle, triste elle appelle,
Quand la lune grise se lève.

Même chose pour Seamus Heaney, avec un hommage rendu, à Salthill, le long de la promenade, avant d'atteindre le plongeoir de Blackrock Beach. C'était en 2006, au moment du Cúirt Literary Festival… "*Girls Bathing, Galway 1965*" est un de ses poèmes les plus connus ici. »

Avant de nous quitter, il m'a dédicacé, avec goût et bienveillance, un de ses recueils de nouvelles, *Forensic Songs*, non encore traduit en français, que j'avais acheté la semaine précédente à Dublin.

La nuit. Insomnie. Il est un peu plus de trois heures. J'allume la radio : l'*Allegro leggiero* en fa dièse mineur de Felix Mendelssohn, extrait des *Romances sans paroles*. Deux petites minutes primesautières, avec ses cabrements enjoués du piano, ses brusques envolées, le velours de la clarinette, et cette bonne humeur communicative, rayonnante comme un premier soleil de printemps.

J'ai toujours faim, malgré l'excellente lotte accompagnée de patates et d'une purée de *watercress* avalée chez Ard Bia at Nimmo's, à deux pas des quais très fréquentés. Je classe les nombreuses photos prises au cours de la journée, feuillette un recueil d'anciens reportages de Maeve Brennan pour le *New Yorker*, acheté la veille chez Kenny's. Puis je reprends la lecture du quotidien local, le *Galway Advertiser* qui consacre deux pages aux prix des denrées alimentaires et des boissons en Irlande, en moyenne 20 % plus élevés que la moyenne européenne, montant même jusqu'à 77 % pour l'alcool et 100 % pour le tabac (un paquet de cigarettes blondes coûte ici pas moins de treize euros, contre un peu plus de huit euros en France). J'en ai fait l'expérience en effectuant quelques achats au supermarché de la chaîne Joyce, à Claddagh.

La photo a été prise pendant l'hiver 1948, dans un appartement cosy de Manhattan. Maeve Brennan apparaît de trois quarts, le regard tourné vers l'objectif. Elle a alors trente et un ans. C'est une rousse flamboyante, née à Dublin de parents nationalistes ayant participé au soulèvement sanglant de Pâques en 1916. Son père Robert venait alors de quitter le poste d'ambassadeur de la jeune République d'Irlande à Washington qu'il occupait depuis 1938, pour rentrer au pays.

Maeve Brennan s'est rapprochée de l'âtre de la cheminée, confortablement installée dans un fauteuil, une cigarette dans la main gauche, pendante sur l'accotoir. Posés sur le linteau, au-dessus de la bûche de bois crépitante : une horloge carrée, un petit vase asiatique, quelques portraits, quelques visages, un miroir encadré de marqueterie vernissée et gravée.

C'est ce cliché en noir et blanc, découvert par hasard, qui m'a poussé vers elle, cette beauté insolente à l'élégance fauve, au regard vert, qu'on appellera la « Gaelic Princess », et que l'on retrouve, recadré, sur la couverture d'un de ses recueils de nouvelles posthumes : *The Rose Garden*.

Avant de tomber dans la déchéance et la démence, Maeve Brennan avait été l'une des chroniqueuses les plus brillantes et singulières du *Harper's Bazaar* puis du *New Yorker*, où elle signait sous le nom de « Long-Winded Lady », que l'on peut traduire par « Madame la Pipelette ». Elle y multipliait les vignettes et les saynètes prises dans la rue, le métro, les bars ou les restaurants de Midtown, portraiturant en deux ou trois phrases des anonymes qu'elle avait croisés, rapportant des scènes burlesques ou incongrues, et d'où émergeaient de temps à autre quelques personnalités connues du monde de l'art ou des lettres. L'une d'elles fut la comédienne originaire de Galway, Siobhán McKenna, à laquelle elle avait rendu hommage dès 1955. Liée aux productions de l'Abbey Theatre, McKenna avait également interprété le rôle d'Anna Gromeko dans *Le Docteur Jivago* aux côtés d'Omar Sharif, après s'être illustrée dans *The Playboy of the Western World*, adapté d'une pièce de Synge. Elle apparaît également dans le péplum *Les Derniers Jours de Pompéi*.

Maeve Brennan était revenue à plusieurs reprises sur son île natale, pour de courts séjours, principalement à Dublin, dans le quartier de Ranelagh, où elle a grandi. En 1957, elle fait un détour par Galway ; elle loge au Great Southern Hotel, vaste bâtiment centenaire, en bordure d'Eyre Square, rebaptisé depuis The Hardiman Hotel. Charles Lindbergh, Bing Crosby, Liam O'Flaherty (dans les années 1940), John Huston, Siobhán McKenna, figurent parmi ses visiteurs les plus illustres. Elle profite de son séjour pour se rendre aux îles d'Aran, probablement à Inishmore. Dans quel but ? Et pour combien de temps ? Et qu'a-t-elle fait à Galway où aucune attache particulière ne la retenait, sinon goûter le calme de la ville, jouir des soirées paisibles, ou simplement se changer les idées avant de retrouver la vie trépidante de New York ?

Maeve Brennan est morte dans un hospice de Long Island, le jour de la Toussaint 1993, veillée par quelques rares amis.

J'empoche le petit livre de Brennan, puis je sors, tourne en rond au pied de la maison, avant de me diriger du côté de Spanish Arch, témoignage des séculaires relations commerciales entre Galway et l'Espagne. J'emprunte ensuite le Long Walk où clapote une eau saumâtre. Ça pleuviote, comme ce matin. Ça ne durera pas.

Demi-tour, et me voilà sur Quay Street, si animée pendant la journée par ses badauds et ses nombreux musiciens des rues, les *buskers* ; puis c'est Shop Street, qui la prolonge vers le Nord. Un pub encore ouvert, probablement le dernier : cris, rires, crissements d'un violon, échos d'un banjo, verres entrechoqués. J'entre ? Ou pas ? Deux gaillards en sont sortis, titubant, bras dessus dessous, leurs voix haut perchées, avant de frapper dans leurs mains, à l'unisson :

I've travelled around, I've been all over this world,
Boys, I ain't never seen nothin' like a Galway girl.

J'ai bien roulé ma bosse, j'ai parcouru le monde entier,
Mais les gars, je n'ai jamais rien vu de tel
qu'une fille de Galway.

la chanson iconique *Galway Girl*, hymne quasi officiel de la ville depuis une quinzaine d'années.

Well, I took a stroll on the old Long Walk
Of a day-i-ay-i-ay…

Les formes de la nuit vont et viennent dans l'ombre. Je poursuis mon chemin, vers Claddagh, à la fois ancien haut lieu de pêche et village frappé par la grande misère, franchis le pont de Wolfe Tone, un œil sur l'affreux monument de pierre dédié à Christophe Colomb.

La morne placidité des rues, sous un ciel liturgique, sans étoiles. Un silence de chapelle. Je presse le pas, remonte les quais sur la gauche, jusqu'à la sobre église dominicaine de Saint Mary on the Hill. Pas un chat. Je m'arrête quelques instants devant la grotte artificielle où se dresse une Vierge pâle enrubannée de bleu, en prière. Le même bleu pâle que la coque du bateau de pêche, abandonné à la rouille et à la mousse quelques dizaines de mètres plus loin, entre deux barcasses peinturlurées. Le sol herbeux est jonché de paquets de chips, de bouteilles vides, de papiers gras, de lambeaux de pizza, de canettes de bière, de fiasques de whisky ou de rhum, de sacs en plastique déchiquetés par les goélands. Tous les soirs sont soirs de fête, printemps comme été. Et ici la jeunesse a tous les droits, venue des quatre coins de l'Europe.

Un petit rongeur s'est faufilé en couinant. Ou une autre bestiole.

Bas dans le ciel, un superbe éclat de lune.

J'ai marqué une nouvelle pause, inspiré profondément. Retenant mon souffle. Relents âcres de varech, d'écume iodée. J'aurais aimé m'allonger à même le sol, l'humus. L'*Allegro leggiero* m'est revenu progressivement, un peu plus sautillant, entêtant comme un alcool. La clarinette, plus tendre. Gracieuse.

J'aurais voulu être dans l'arrière-saison, en automne, au plus fort de l'équinoxe, pour l'odeur des feuilles mouillées (herbe détrempée), de la terre molle et des moisissures, pour la lumière tendre, la nuit qui surgit avant l'heure, à pas feutrés. Le triomphe d'automne, comme disait le poète, la saison irlandaise par excellence. Le temps qui passe y a pris une certaine patine, le lustre d'un souvenir *alla* Verlaine, souvenir d'hier, souvenir en devenir. L'équinoxe triomphal. Et ce parfum d'appel au large.

La pluie a cessé, ou plutôt un crachin, le *drizzle*. Dommage, cette eau du ciel était bien agréable, succédant à une après-midi de forte chaleur. L'air est doux, apaisant. Ça ressemble à la sérénité. Je prends quelques notes en pensant aux vers de Seamus Heaney :

I rhyme
To see myself, to set the darkness echoing

Je rime
Pour me voir, pour que le noir résonne d'échos

Il fait trop sombre, je ne vois pas ce que j'écris.

Il y a quelques heures encore des groupes de quatre, de cinq à sept jeunes filles maquillées, aux robes profondément décolletées, aux jupes trop courtes, juchées sur des talons aiguilles, sillonnaient les rues en s'esclaffant, en aguichant, en s'amusant, buvant à tire-larigot directement à la bouteille, sorties dont on ne sait où, dès la tombée du jour, et allant je ne sais où. Soir de fête ? Rendez-vous dans un pub ? Célébration d'un anniversaire ou de la fin de l'année scolaire ? J'étais jaloux de cette jeunesse, de cet hymne débridé à la frivolité.

En rentrant, j'ai allumé le téléviseur, zappant avant de m'arrêter sur une chaîne de sport. J'ai coupé le climatiseur, pris une douche froide. Longtemps. Le violent combat de kick-boxing où s'affrontaient deux poids lourds venait de s'achever. Puis j'ai ouvert le frigo, vidé en trois lampées la canette de Guinness, sans respirer, et ai entamé sur le lit la lecture d'une nouvelle de Liam O'Flaherty qui s'ouvre sur ces mots : « J'ai la mer dans le sang. Je suis né dans un village de pêcheurs, où on entend l'océan Atlantique qui lèche les côtes et les falaises d'Aran. »

Je n'aurai jamais assez de mots. Mes yeux se sont brouillés. Les mots des autres. Et ce temps qui nous pétrit.

Retour du sommeil, agité de rêves idiots. D'autres mots.

Il est un peu plus de cinq heures. La nuit se retire, les colombes montent dans le ciel.

Pour rejoindre le ferry de Rossaveel, sur Cashla Bay, depuis Galway, il faut parcourir une petite quarantaine de kilomètres en bus ou en voiture, vers l'ouest, après avoir traversé Salthill, Brana (où vit le chanteur Johnny Duhan), An Spidéal et Indreabhán. Le bateau accoste moins d'une heure plus tard à Kilronan sur Inishmore (*Inis Mór* en gaélique), la plus grande des trois îles d'Aran. Une mer remuante, couleur d'huître, agitée, *ma non troppo*.

Je n'ai pas emprunté la route côtière, trop fréquentée, mais la parallèle voie intérieure, escarpée, la Cottage Road, où l'on croise uniquement des carrioles chargées de touristes, tirées par de pauvres chevaux bien à la peine, quelques cyclistes aguerris ou téméraires, ayant pour but les sites historiques de Dun Aengus et des Sept Églises, à la pointe occidentale de l'île, un des derniers caps de l'Ancien Monde. Plus de quatre heures de marche aller-retour, sous une chaleur crépitante. Une route liserée de prés au vert étincelant, quadrillés de murets de pierraille grossière, où paissent chevaux et vaches, entre les orchidées sauvages, les trèfles rouges et de petites gentianes. Ici où là, quelques maisons isolées aux murs clairs, parfois ombragées d'un modeste pin parasol, d'un palmier à chanvre ou d'un magnolia, d'autres, plus rares, passées au crépi blanc et coiffées de chaume; des ruines remontant au Moyen Âge, des restes de tours crénelées, des églises abandonnées au milieu des chemins de terre cendreuse. Des goélands dans le ciel énorme, des mouettes rieuses, de rares craves à bec rouge... Pas un passereau, pas un corbeau. Un des derniers cafés de l'île, le Lucky Star Bar et sa façade jaune, sur Cottage Road, a fermé ses portes il y a une dizaine d'années, après avoir servi de refuge à quelques poules et coqs. Et puis cette odeur, minérale, éventée, que j'avais humée à pleins poumons dans les environs de Paimpol, cette même odeur forte de granit iodé et de Moyen Âge. Vers la pointe de l'Arcouest et Pors-Even.

Au bout d'une bonne heure et demie de marche, j'ai fait un crochet sur la gauche, pour découvrir le village natal de Liam O'Flaherty, l'auteur de *The Informer*. Gort na gCapall n'est plus le hameau qu'il était à la fin du XIXe siècle; ce ne sont que constructions neuves réunies en lotissements impersonnels. Le silence règne; je n'ai croisé aucune âme. On goûte la lenteur des

heures. Un étrange monument a été dressé dans un petit jardin commémoratif, à quelques petits kilomètres du village de Kilmurvey, où avait séjourné Nicolas Bouvier au milieu des années 1980, et qui lui avait inspiré le *Journal d'Aran et d'autres lieux*, ouvrage désormais classique. C'est une étrange stèle de bronze verdi, plantée dans la caillasse grise, et surmontée de quatre guerriers armés de lances, embarqués sur une pirogue, au ras de l'horizon. Une simple inscription en gaélique : « Liam Ó Flaithearta. 1896-1984 ». Je n'ai toujours pas compris le lien de ce quatuor de soldats primitifs, élancés comme des Masaïs sur fond de roc et de ciel saturé d'azur, avec l'œuvre d'O'Flaherty… Lui qui avait écrit, superbement : « Rien ne bougeait dans l'air nocturne. La mer faisait entendre un léger clapotis contre le pied de la falaise, comme l'eau d'une barrique que l'on fait rouler sur le sol. Au loin elle bouillonnait sur le sable de la grève. Une légère brise, paresseuse et irrégulière, faisait onduler l'herbe pâle, qui n'était jamais coupée, et bruire les fougères et les ronces dont les vrilles frottaient contre la surface de la roche avec un crissement de souris s'agitant dans un grenier. L'air était parfumé et si pur que les poumons respiraient avec délices. Ah ! si pur qu'il était difficile de croire que le péché ou la douleur pouvaient exister sur cette terre. »

Au retour, juste avant d'arriver au port, j'ai fait une petite halte dans la chapelle dénudée et sombre consacrée à sainte Brigid et à saint Plunkett. Qui donc la fréquente de nos jours, parmi les sept cents âmes à peine que compte l'île ? « *Il piu strano luogo del mondo* » selon James Joyce. Qui donc se recueille encore devant la statue de cette sainte drapée de rose et de blanc, une crosse dans une main, une maison miniature dans l'autre, sur un parterre fleuri ?

Sur les conseils de son ami Yeats, John Millington Synge avait fait plusieurs séjours sur les îles d'Aran, à la fin du XIXe siècle, à l'époque où cette Arcadie celtique était encore peu fréquentée par les étrangers, les *strainséirí*, comme on dit ici.

The Aran Islands, le récit publié en 1906, n'a pas pris une ride, ni la poussière. Synge a fréquenté les cahutes et les chaumines isolées, rapporté des histoires et des légendes, notamment celle de l'oie qui pond des œufs d'or ou encore le destin d'une sorcière jetée du haut d'une falaise. À travers ses nombreuses rencontres, il évoque une mélodie pincée sur une harpe, un air de cornemuse, la langue lézardée qu'est le gaélique, revient sur un parricide, évoque une famille dont les proches sont partis vivre en Amérique. C'est à la fois le regard d'un ethnographe et d'un curieux, amoureux et admiratif de ce peuple endurci.

IHS

Après avoir récupéré dans un caboulot quelques hommes d'équipage pour faire un tour en barque, en longeant la côte déchiquetée, il note : « Une superbe lumière du soir s'étendait sur l'île, qui me fit me réjouir de notre lenteur. Face en arrière, les arêtes vives du rocher se détachaient sur un fond de brume dorée, et il y avait une longue traînée depuis le soleil, qui semait de pierres précieuses le bouillonnement laissé par les rames. Les hommes avaient eu leur part de bière brune et se montraient d'une volubilité peu ordinaire ; ils me montraient des choses que j'avais déjà vues et s'arrêtaient de temps à autre pour me faire remarquer l'odeur d'huile, de maquereau, qui montait des vagues. »

Joyce connaissait bien Synge. Ils s'étaient rencontrés à Paris au tournant du siècle, et Nora avait joué le rôle de Cathleen dans sa célèbre pièce de théâtre, *Riders to the Sea*, dont Ralph Vaughan Williams tirera un opéra dans les années 1930, et qu'on ne joue plus guère, hélas.

Les noms viennent et reviennent, le paysage tremble, les pages retournent au vent, dans le flou des images : Flaggy Shore, Ballyvaughan, Kirvana, Quay Street, Dunguaire Castle, Gort na gCapall, la tour Ballylee et ses pierres primitives au pied de la Cloon River, Kilcolgan, Claddagh et le Wolfe Tone Bridge, Bowling Green et la maison aux volets bleus, Prospect Hill, Nun's Island, Kilmurvey et le fantôme errant de Nicolas Bouvier, Oranmore, Kilronan, Doolin, Spanish Arch, Cashla Bay et son embarcadère, les igloos de pierres sèches (« Clocháin ») remontant au début du christianisme.

Sarabande où se mêlent et se répondent jusqu'à l'ivresse les flots du Corrib, Coole Park et son lac, Barna, Eyre Square, Murrough et Ballyloughane Beach, Persse's Distillery River, Salthill et Mutton Island, le promontoire des falaises géantes de Moher, avec la folle ronde des oiseaux de mer. Les vers de Heaney et de Synge, « *shady Kyle-dortha* », le petit phare de Black Head,

les mots découverts et appris (*petticoat*, *mór* et *kil*, *monkfish* et *John Dory*, *sea radish*, *gannet* et *wagtail*...), la librairie Charlie's Byrne sur Middle Street, la Wild Atlantic Way, la mystérieuse chapelle de sainte Brigid et saint Oliver Plunkett, l'eau gazeuse Ballygowan...

Quelques ombres – bienveillantes – et qui m'accompagnent, entre les nuages renflés, le flux des mots et l'herbe saturée de vert : Bridget Dirrane, morte à 109 ans sur l'île d'Inishmore où elle était née en 1894 ; la petite Celia Griffin, victime de la Grande Famine en 1847 ; W. B. Yeats et Arthur Symons cinglant à pleine voile vers les îles d'Aran à bord d'un frêle *hooker* parti de Galway ; une quarantaine d'années plus tard, Antonin Artaud vociférant sur le môle de Kilronan, au cœur de l'été 1937, Kilronan qu'O'Flaherty appelait Kilmurrage dans ses fictions, les personnages troubles de Ken Bruen, Johnny Duhan et ses accords de guitare.

> Le verre est vide, il faut le remplir.
> Ce qu'on espère des îles et de leurs sortilèges.
> Quand tout à nouveau sera ruine.
> N'est-ce pas, mister Yeats ?
> *« When all is ruin once again »*.

Bibliographie choisie

Nicolas Bouvier, *Journal d'Aran et d'autres lieux*, Payot & Rivages, « Petite Bibliothèque Payot », 2015

Michel Déon, *Cavalier, passe ton chemin !*, Gallimard, « Folio », 2007

Michel Déon, *Je me suis beaucoup promené…*, La Table ronde, « La Petite Vermillon », 2001

Bridget Dirrane, *A Woman of Aran: The Life and Times of Bridget Dirrane*, Blackwater Press, 1997

Elaine Feeney, *Where's Katie?*, Salmon Poetry, 2010.

Gerard Hanberry, *On Raglan Road: Great Irish Love Songs and the Women Who Inspired Them*, The Collins Press, 2016

Seamus Heaney, *100 Poems*, Faber & Faber, 2018

Seamus Heaney, *La Lucarne*, traduit de l'anglais par Patrick Hersant, Gallimard, « Poésie », 2018

Desmond Hogan, *The Diamonds at the Bottom of the Sea and Other Stories*, Hamish Hamilton, 1979

Kerby A. Miller, *Emigrants and Exiles: Ireland and the Irish Exodus to North America*, Oxford University Press, 1988

Richard Murphy, *The Pleasure Ground. Poems 1952-2012*, Bloodaxe Books, 2013

Edna O'Brien, *James & Nora. A Portrait of a Marriage*, W & N, 2020

Liam O'Flaherty, *The Wave and Other Stories*, Longman Publishing Group, 1980

Liam O'Flaherty, *À mes ennemis ce poignard*, traduit de l'anglais par Béatrice Vierne, Le Rocher, « Anatolia », 1998

Sean Scully et Colm Tóibín, *Walls of Aran*, Thames & Hudson, 2019

John Millington Synge, *Les Îles Aran*, traduit de l'anglais par Louis Bazalgette, Terre de Brume, 2000

Arthur Symons, *Cities and Sea-Coasts and Islands*, Marlboro Press, 1998

Colm Tóibín, *Mad, Bad, Dangerous to Know: The Fathers of Wilde, Yeats and Joyce*, Penguin, 2019

William Butler Yeats, *Autobiographies*, Palgrave Macmillan, 2002

William Butler Yeats, *Les Cygnes sauvages à Coole*, traduit de l'anglais par Jean-Yves Masson, Verdier, 1991

William Butler Yeats, *L'Escalier en spirale*, traduit de l'anglais par Jean-Yves Masson, Verdier, 2008

William Butler Yeats, *La Tour*, traduit de l'anglais par Jean-Yves Masson, Verdier, 2002

Discographie choisie

The Dubliners, *Seven Drunken Nights (A Drop of the Hard Stuff)*, EMI, 2012

Johnny Duhan, *The Voyage*, Claddagh Independent, 2005

Dolores Keane et John Faulkner, *Sail Óg Rua*, Gael-Linn, 1983

Ruby Murray, *The Magic of Ruby Murray*, EMI, 1997

Lisa O'Neill, *Heard A Long Gone Song*, River Lea/Rough Trade, 2018

Sharon Shannon, *The Galway Girl*, The Daisy Label, 2008

Ralph Vaughan Williams, *Riders to the Sea*, Northern Sinfonia dirigé par Richard Hickox, Chandos, 1995

The Waterboys, *An Appointment with Mr. Yeats*, Proper Records, 2011

Remerciements

Anne Bourguignon, Christine Jordis, Alice Déon, Ioulia « Kisotchka » Holter, Jean Mattern, Mike McCormack, Darren Parslow.

Collection *La rencontre*

Serge Airoldi, *Rose Hanoï. Rencontres avec la couleur*, 2017
(prix Henri de Régnier de l'Académie française 2017)

Dominique Barbéris, *Un dimanche à Ville-d'Avray*, 2019
(deuxième sélection du prix Goncourt 2019,
finaliste du prix Femina 2019)

Antoine Billot, *L'Année prochaine à New York. Dylan avant Dylan*, 2017

Philippe Bonnin, *Katsura et ses jardins. Un mythe de l'architecture japonaise*, 2019

Collectif, *La littérature est une rencontre*, 2016

Michel Crépu, *Beckett, 29 juillet 1982, 11 h 30*, 2019

Christian Doumet, *L'Évanouissement du témoin*, 2019

Hervé Dumez, *Incertain Paul Valéry*, 2016

Christophe Etemadzadeh, *La Vie sans savoir*, 2021

Élisabeth Foch-Eyssette, *On ne peut pas toujours voyager mais on ne peut pas toujours rester au même endroit*, 2018

Stéphane Lambert,
Avant Godot, 2016
(prix Roland de Jouvenel de l'Académie française 2017)

Fraternelle Mélancolie. Melville et Hawthorne, 2018

Visions de Goya.
L'éclat dans le désastre, 2019
(prix André Malraux 2019)

Gérard Macé, *Le Navire Arthur et autres essais*, 2020.

Brice Matthieussent,
Les Jours noirs, 2019

Amérique fantôme, 2021

Akira Mizubayashi, *Dans les eaux profondes.*
Le bain japonais, 2018

Sébastien Ortiz, *Dans un temple Zen,*
Rencontre avec Guillaume Apollinaire, 2017

Benjamin Pelletier, *Les Années discrètes.*
Territoires de l'enfance, 2018

Marc Petitjean,
Le Cœur.
Frida Kahlo à Paris, 2018

L'Ami japonais.
Kunihiko Moriguchi, Trésor vivant et peintre de kimonos, 2020

Olivier Rasimi, *Cocteau sur le rivage*, 2019

Patrick Roegiers, *Éloge du génie.*
Vilhelm Hammershøi, Glenn Gould, Thomas Bernhard, 2019

Gemma Salem, *Où sont ceux que ton cœur aime*, 2019

Olivier Schefer,
Un seul souvenir, 2016

Une tache d'encre, 2017

Conversations silencieuses.
L'art, la beauté et le chagrin, 2019

Bruno Smolarz, *Giorgio Morandi, les jours et les heures*, 2016

Brina Svit, *Le Dieu des obstacles*, 2021

François Warin, *Au commencement la beauté*, 2020

Natacha Wolinski, *Son éclat seul me reste*, 2020

ACHEVÉ D'IMPRIMER
EN FUYANT VERS LES BOIS
ET LES EAUX SAUVAGES
EN OCTOBRE 2020
SUR LES PRESSES
DE CORLET IMPRIMEUR
À CONDÉ-SUR-NOIREAU
CALVADOS

PEFC
10-31-1510
Promouvoir la gestion durable de la forêt
pefc-france.org

Numéro d'édition : 1248
Numéro d'impression : 20100215
Dépôt légal : février 2021
Imprimé en France